KB103263

엄마는 홀딱 넘어갔다

김연래 동시집

김연래 시인은

1965년 강원도 주문진에서 태어났습니다.

2002년에 〈청룡열차를 탄다〉 외 4편이 월간 순수문학 신인상에 당선되면서 문학 활동을 시작했습니다.

2007년 제25회 전국 마로니에 여성백일장 아동문학부문에서 〈쉼표〉로 우수상 , 2008년 제29회 전국 만해백일장 산문부 일반대학부문에서 〈설거지〉로 우수상을 수상하였습니다.

2008년에 〈쉼표〉 외 1편이 격월간 아동문예 문학상에 당선되면서 동시를 쓰고 있습니다.

시집 〈안경을 벗다〉(2009년), 〈바람 불어 그대 보고픈 날〉(2021년)이 있습니다.

동시집 〈눈치코치가 백 단〉(2021년), 〈엄마는 홀딱 넘어갔다〉(2021년)가 있습니다.

개정판 〈빗소리를 들으며〉(2021년)가 있습니다.

엄마는 홀딱 넘어갔다

김연래 동시집

엄마는 홀딱 넘어갔다

발　행 | 2021년 04월 13일

저　자 | 김연래

펴낸이 | 한건희

펴낸곳 | 주식회사 부크크

출판사등록 | 2014.07.15.(제2014-16호)

주　소 | 서울특별시 금천구 가산디지털1로 119 SK트윈타워 A동 305호

전　화 | 1670-8316

이메일 | info@bookk.co.kr

ISBN | 979-11-372-4243-2

www.bookk.co.kr

ⓒ 김연래 2021

본 책은 저작자의 지적 재산으로서 무단 전재와 복제를 금합니다.

시인의 말

안개가 베란다 코앞까지 와 있습니다. 비가 옵니다. 4월에 제주에 내리는 비를 사람들은 '고사리 장마'라 부릅니다. 그도 그럴 것이 며칠씩 혹은 몇 주씩 내리기 때문입니다. 작년 같은 경우 거의 두 달 넘게 비가 왔습니다.

겨울동안 움츠렸던 마음들이 봄이면 들뜨기 마련인데 제주도 사람들의 그것은 좀 특별한 것 같습니다. 마치 축제 같습니다. 고사리 때문입니다. 어른 아이 할 것 없이 '고사리'라는 말을 한 번도 하지 않고 봄을 나는 경우는 거의 없을 것 같습니다.

4월은 제주에서 '고사리 축제'의 달이면서 한 편으로 '가슴 아픈 역사의 달'이기도 합니다. 4.3 때문입니다.

제주 4·3사건은 1947년 3월 1일부터 1948년 4

월 3일 발생한 시위를 포함해 1954년 9월 21일까지 제주도에서 발생한 무력충돌과 그 진압과정에서 주민들이 희생당한 사건입니다.

　가옥 4만여 채가 소실되었고, 중산간지역의 상당수 마을이 폐허로 변했다고 합니다.

　한 마을에 제삿날이 같은 경우가 부지기수라니 얼마나 참혹했을지 짐작이 가고 남습니다. 한국현대사에서 한국전쟁 다음으로 많은 희생자가 발생한 사건이지만, 아직도 다 규명되지 않아 피해를 입은 많은 사람들이 아파하고 있습니다.

　이 4월에 동시집 두 권을 상재하게 되어 기쁘면서도 아프네요.

2021년 04월
하원동에서 김연래

1부
친하기 레시피

2부

고사리 장마

3부
제주 4월 동백

1부

고사리 장마

모두 박사 되는 학원

아빠 어릴 적에도
학교 끝나면 죄다
학원에 갔어

정말?

누구 하나
오라고 하지 않았지만
스스로 찾아갔지

누구 하나
공부하라 하지 않았지만
열심히들 했지

에이, 거짓말!

그 학원은 돈도 안 받았어

치이! 순 뻥!

진짜라니까
그 애들 다들
꽃박사
새박사
곤충박사
나무박사가 됐지

삼겹살 먹으면서도 잘 되는 공부

경수 아재가
초보 농부 아빠에게
가르쳐 준다

논밭에서
몸으로 익힌
진짜 공부들

벼는 어릴 때
물을 넉넉히 대 주고
좀 크면 빼야 해
그래야 벼가
물 마시려고 애 쓰면서
뿌리에 힘이 생겨

용이 귀에도
쏙쏙 들어온다

엄마는 홀딱 넘어갔다

-세상에 공짜가 어디 있노?
갸가 뭐 할라꼬 니한테 그런 선심을 쓰겠노?
속지마래이

용이한테는 그렇게 말을 하면서

엄마는 홀딱 넘어갔다
그 현수막 꼼꼼히 읽는 순간에
벌써

도전!
살 빼고 돈 받자!

문방구 닫은 자리에
새로 생긴 다이어트 방
용이 엄마 들락거린다

경칩

제 아무리
꽃샘추위가
눈보라를 쳐도
튀 나갈 거야

겨울 동안
쪼그린 다리
재려서라도 더 이상
못 참아!
못 참아!

깨굴
깨굴

나는
대담한 개구리

목련이 피어도 봄이라 말할 수 없어요

목련이 피어서 봄이 왔다는 말은
고개 몇 개를 넘어야 마을 하나가 나오고
그 마을을 다 지나야 겨우
사람 몇을 만날 때의 일일 거예요

장에 간 아버지가 고갯길을 넘어오면
얼른 뛰어가 잘 오시구야 호랭이는 없던가요
손 잡아 안방 아랫목 따수운 데에 앉히고
가장 순한 눈빛으로 엿은 사 오셨어요
개눈깔사탕은요 하던 시절의 얘기일 거예요

현관문을 나서면 빨간 눈 부엉이가
203동 사는 누구란 걸 단박에 알아보고
엘레베이터에서 코를 팠는지 민지를 생각했는지
다 알아내는 세상에는

껌 하나를 살 때
신호등을 기다릴 때

주머니에 손을 넣었는지
다리를 몇 번 떨었는지
다 알아내는 세상에는
목련이 피어도 봄이라 말할 수 없어요

꼬리를 내렸던 동장군이 되돌아 와
죄 없는 눈을 퍼 부으면
목련은 모가지를 뚝뚝 부러뜨리며
그저 울 뿐이에요
그저 울 뿐이에요

등산

물이야
오이야
김밥이야
잔뜩 싸 가지고
오르는 앞산

제일 먼저 떨어진 것은
숨
마트에서 살 수도 없는
숨
빌릴 수도 없는
숨

평소 자동차 대신
자전거와 두 다리로
열심히 움직여야
여분 생기는
숨

달동네

달처럼 환한 동네일까?
별처럼 아름다운 동네일까?

다닥다닥 붙은 집들이
어둑어둑하게 모여 살다
달이 뜨면 환해지는 동네
별이 뜨면 아름다운 동네

이바구길

스마트폰 때문에
떠났던 이바구

골목 따라
발길 따라
구불구불
돌아왔네

이발소
구멍가게
만화방
달고나

아버지도
나도
이바구가 되는
이바구길

직박구리 두 마리

톡톡
톡톡

벚나무에 앉으니
따라 앉고
산수유에 앉으니
따라 앉고

친구 사이인가?

푸드덕

한 마리
멀리 날아갔는데

딴청을 피우는
한 마리

조금 뒤

푸드덕

딴청 피우는 새 곁으로
날아온 한 마리

아하!,
엄마하고 아들이구나!

뭘 가르쳐 주려는데
딴 청 피우니까
기다려 주고 있구나

야단도 안 치고
화도 안 내고

느림우체통

뭐든지
빨리 빨리를 좋아했는데
느림우체통에
들어간 편지만은

풀도 보고
꽃도 보고
구름 얘기 듣고
바람 냄새 맡으면서
쉬다가
자다가
놀다가
와도 좋다고

사람들이

너도 나도

한 장씩

편지를 쓴다

고추장통 우체통

아빠가
나무 작대기에
빈 고추장통 달아 만든
빨간 우체통

종이 편지 한 장 없고
낙엽만 쌓여 가는데

안으로 쏘옥 들어가는
다람쥐 한 마리

뭘 하고 있을까?

공용화단

7층 아저씨는

오이 고추 토마토 심고

10층 아줌마는

접시꽃 과꽃 봉숭아꽃 심고

13층 할아버지는

헛개나무 가시오가피 심었는데

어느 날 4층 할머니가

고구마를 잔뜩 심었다

결국

푯말을 세운 1층 아줌마

-잔디가 다 죽었어요

-잔디가 다 죽었어요

꽃잎 받기 놀이

하로롱
꽃잎 떨어지니
서로서로 달려가서

손으로 받아보고
얼굴로 받아보고
코로 받아보고
혀로 받아보고

히히히
낄낄낄
키득키득

그렇게 재밌니?
또 받아 봐
또 받아 봐

바람이 자꾸

벚꽃 흔든다

친하기 레시피

-너 착한 친구겠지?

-너 웃고 있는 거지?

너무
재지 말고
따지지 말고

먼저 말 걸기

안녕?

파

할머니가 이고 온
파 한 보따리

그걸 받아 내리는
설렁탕집 아저씨가
끙 소리를 냅니다

엄마!
갖고 오지 말래도!

다리 아프다면서!

이젠 식당이 잘 돼서
사다 써도 돼요!

아님, 조금만 들고 오던지!

공짜 파를 받고 화를 내는

아버지와
좋은 일하고도 핀잔 듣는
할머니

할머니는
화도 안 나는지
못 들은 척 하는지

버스 기사 김 씨 아저씨

버스 기사 김 씨 아저씨는
동네 어르신들 아들

어머니, 병원 다녀오세요?
아버지, 차 출발하니까 꽉 잡으세요

김 기사, 덥지라
김 기사, 수고한데이

산나물 뜯어오던 할머니
보따리를 풀고
조개를 캐 오던 할아버지
바구니를 열고

산골버스

산골 마을에서
버스는
알람시계

버스가 올라가면
밭일하던 할머니들
점심시간이 되고

버스가 내려오면
다시 일하고

막차가 올라가면
하던 일을 정리하고

막차가 내려오면
집으로 간다

벌

해코지 안 하면
안 쏴

한 방뿐인데
나 죽는 줄 모르고
함부도 쏘겠어?

앵앵앵
맴돌다
휙 가버린 벌

산

먹을 게 많아

풀도
꽃도
곤충도
사람도
산다고

산이다

옹달샘

깊은 산 속 옹달샘
새벽에 토끼가
눈 비비며 일어나
세수하러 왔다가
물만 먹고 가는 줄 알았는데

새들이 차례대로 와서
세수하고 목욕하고
똥도 싸고 갔다

시골비와 도시비

기와지붕
장독대
채송화
해바라기
감자
옥수수

다 만나고
천천히 천천히
강으로 가는 시골비

아파트
유리창
자동차
아스팔트
보도블록
시멘트 바닥

서둘러 만나고
빨리빨리
하수구로 가는 도시비

이어주는 말

친구랑
말할 때
진짜로
이어주는 말은

'아!'
맞장구 쳐 주고
'진짜?'
되물어 주는 것

"아! 진짜?"

약호박

책 읽나 하면
물 먹으러 나오고
숙제 하나 하면
오줌 누러 나오는
진섭이

−쯧쯧, 그렇게 발랑대서는...
−공부는 엉덩이로 하는 거야!
만날 하는 엄마 잔소리

어느 날 보니
밭 둑 호박이
제대로 새겨들었나 보다

진득이 앉아 있더니
그냥 호박이 아닌
약호박이 되었다

강아지풀

온 몸으로
반기는 걸 보니
너는 착한 강아지였구나

따뜻한 주인 만나
사랑 듬뿍 받고
기쁨 주는
강아지였구나

내 말에
꼬리를 살래살래

창문에 붙은 물방울

물방울은
작은 우주선
창문 정거장에서
쉬는 중이다

누굴 만날까?
뭐부터 할까?
생각 중인데
턱, 창문을 향해
날아온 낙엽 한 장

긴급상황이다!
우선 풀들에게
맑은 눈부터 주자

작은 우주선
화단에 불시착한다

지하방 아저씨

낮인데
지하 계단에 앉아
담배 피우는 아저씨

–삼촌
은수가 부르자
환하게 웃는다

은수한테
연기 못 가게
손을 등 뒤로 하고

이름표

병아리 옷 입고
꽃구경 가는 아가들

오민수
최예나
강은표

유치원 입학 첫날인데
뒤 따라가며
척척 이름 부르는 선생님

오우!
놀라다가

에이!

웃음이 난다

등에 단 이름표

2부
고사리 장마

턱도 없다

스티로폼에 흙 담아
베란다에 키우는
우리 집 토마토

많이 먹어라
어서 커라
날마다 말해줘도

창문 햇살
베란다 바람
수돗물로는
턱도 없다

우주 기운 깃든 햇살과 바람
산과 들 바다 다녀온 물 먹고
밭에서 자라는
토마토한테는

숭어

해가
깃발을 올리면
숭어들의 체육시간

아가미를 하늘로 들고
꼬리로 물을 박차며
공중에서 헤엄치기

대장 숭어는
아버지 키만큼
훈련생 숭어는
내 키만큼

분수대

물방울이
분수대에 앉아
번지드롭 탄다

무섭다고
아아악
짜릿하다고
쫘아악

더위에 지친
아이들
시원하다고
까르르

호박과 할머니

고만고만한 호박 속에
절구통만 한 호박 한 덩이

너무 좋아
이걸 우째
가져갈 수 없어
이걸 우째

한참을 서 고민하던
할머니

가자 가자
어여 가자
우리 집에
어여 가자

호박을 굴린다
기쁨을 굴린다

민들레 꽃밭

납작 엎드린 자세로
종아리 단단한 건
토종 민들레

다리 힘 없어
멀쑥이 서 있는 건
서양 민들레

엄마는 일일이
따져보지만

민들레는
다 같은 민들레

어서 예쁘게 꽃 피워

홀씨 멀리 날려 보내렴

고사리 장마 1

4월
제주에
내리는 비

일 년 내내
현장 일하는 아빠
쉬라고
내리는 비

움츠린 고사리
고개 들라고
내리는 비

고사리 장마 2

비 그치자
한나절 만에
치마 가득
양손 가득
고사리 채우고
하산하는
우리 할머니

꼬부라진 허리
다시
으쌰
펴진다

고사리 장마 3

아이고 허리야
아이고 허리야
고사리 꺾다가 내 허리 꺾이네
고사리 꺾다가 내 허리 꺾이네
밤새 끙끙 앓는
우리 할머니

고사리장마 4

이제 정말 고사리 그만 꺾어야지
다짐하던 울 할머니

4월이 되자
목장 근처 묵은 밭에 가 보고
고사리 많다는 소문 따라 가 보고
고사리가 콩나물만큼 올라왔네
아기 손가락만큼 올라왔네
매일 말로 고사리 일지를 쓴다

고사리 힘

미세먼지
미세먼지

혼잣말처럼
중얼거리던
할머니

이틀을 못 참고
나물앞치마 입고
산에 가신다

고사리 지혜

어디가 좋을까

볕 좋고
바람 좋고
사람들 눈에 안 띄는 곳

찔레꽃 가시덤불 속
엉겅퀴 가시 옆

바다의 개밥바라기별

어스름 무렵
바다에 뜨는 별 하나

집으로 오면서
정우는
그 별을 보며
아빠를 생각하지
꿈을 생각하지

달님도 졸리운 밤
바다에 지는 별 하나

잠이 들 때
정우는
그 별을 보며
아빠를 생각하지
꿈을 생각하지

입는 의자

할머니들은
의자를 입어요

양쪽 고리 달린
동그란 원통 모양 의자를
바지 입듯 양 다리에 끼우면

출동 준비!

브로콜리 밭
배추 밭
무 밭
모두 접수해요

한치잡이 배

한여름
늦은 밤

어부가
바다 위에
뿌려 놓았네

눈부신
별들을

하늘

아파트에 가린
조각하늘

시골에 오니
눈길 닿는 곳마다
하늘
하늘

통 하늘이
사방에 널렸다

회사에 간 하진이

독감은 나았는데
친구한테 옮길까 봐
어린이집에 갈 수 없는 하진이
엄마 따라 회사에 간다

아빠랑 따로 사는 하진이
아빠가 보고 싶은 하진이
아빠처럼 출근한다

2대8 가르마하고
제일 깨끗한 잠바 차려입고
가방을 든다

노트북과 헤드셋이 든
회사 가방

엄마가 정해준 탁자에 앉아
뽀로로를 보고

라푼젤을 보고
공룡탐험대를 보고
보고 또 보고 또 보는
하진이

엄마 언제 끝나?
물으면
대답 대신 엄마는
검지 손가락을 입에 갖다 대고
쉿!

이거 다 봤어
말하면
대답 대신 엄마는
검지 손가락을 입에 대고
쉿!

우체통

양구 어디 군부대
달랑 하나 뿐인 나는
군인들 사랑을 독차지했지
밤새 쓴 편지를 들고 오면
덩달아 가슴이 두근거렸어
보고 싶은 순이 씨로 시작되는
민구 씨의 편지는
달달하고 절절했어

차비가 없었는지
길이 멀었는지
둘은 하여튼
한 번도 만나지 못했다지

날마다 편지만 가고
날마다 편지만 왔지

아니지
편지 따라 마음이 가고
편지 따라 마음이 왔을 테지

그러기를 삼 년
민구 씨가 제대하는 날
순이 씨가 만나러 왔대
둘은 그 자리에서
결혼하기로 약속했다지

그 시절이 좋았어

사람들은 나를 보면
가슴이 설렌다고 했지
빨간 우체통
빨간 우체통
꼭
어루만지고 지나갔지

발로 툭 차는
개구쟁이도 있긴 했으나
다들
나만 보면
저절로 따뜻해진다고 했어

개미

개미 한 마리
다른 한 마리를 물고

화단을 지나
돌담을 넘어

돌돌돌돌
돌돌돌돌
잰걸음으로 간다

119 구조대일까?

오리 장례식

뒤뚱뛰뚱

꾸우꾸우

아기 오리 대여섯 마리
엄마 오리 가운데 두고
뱅뱅 돈다

비키라고
차가 빵빵거려도

뱅뱅 뱅뱅
뱅뱅 뱅뱅

3부
제주 4월 동백

고래가족

덩치 큰 엄마는
그냥 고래

잘 먹는 형은
먹고래

책 많이 읽는 나는
책고래

술 좋아하는 아빠는
술고래

귤꽃향

이런 향을
맡게 되다니!

세상에나!

착하게
착하게
살아야겠다

제주의 5월

제주 4월 동백

돌담 옆 동백꽃이
바람에 떨어진다

죄 없이 죽어나간
생목숨 이름들을

부르며 울부짖으며
처연히 떨어진다

4. 3을 모를 때는
모가지 떨구어도

그 절개 가상스러워
눈부시게 아름답더니

피 끓는 울음이구나

꽃송이들 핏덩이구나

담벼락

할머니 몇 분
할아버지 몇 분

은행 건물
담벼락에 기대어
사람들 구경한다

햇살의 은총
찬란히 쏟아진다

유채꽃밭 1

유채꽃밭에

들어가면

웃지 않을 수 없다

유채꽃이

저기 저기서

눈 마주칠 때부터

간지럼을 태우기 때문이다

유채꽃밭 2

사진 찍고 싶으세요?
천 원입니다

들어가고 싶으세요?
천 원입니다

둘 다 하면
천 원 깎아줄게요
천 원입니다

제주도는
봄에도 겨울에도
유채꽃밭은
천 원입니다

그냥

그냥
좋기도 하지만
그냥
싫을 때도 있다

그래도
그냥 좋다고 말할 수 없고
그냥 싫다고 말할 수 없다

그냥
가만히
내 마음을
보고 있다

폭설

자동차
장독대
나무
개집

모두
생일빵을
빵빵하게 받았다

작년 생일
건너 뛴
용이도

머리 위로
수북수북
생일빵을
빵빵하게 받았다

동시, 어떻게 쓸까

김연래 시인

동시는 어떻게 쓸까? 어려운 질문입니다. 동시를 어떻게 쓰는지 잘 안다면 아마도 모든 사람들에게 칭송받는 동시를 날마다 쓸 수 있겠지요. 그러나 그걸 잘 아는 사람은, 더군다나 끝까지 오래도록 잘 아는 사람은 아마 없을 겁니다. 그래서 사람들은 동시 잘 쓰는 사람을 부러워하지요.

저도 동시를 잘 쓰고 싶은 한 사람에 속합니다. 부족한 제가 그런데도 이 글을 쓰는 것은 10여 년 동안 동시를 써 온 사람으로서 또는 20여 년간 학교 밖에서 아이들에게 동시를 지도한 사람으로서 동시 쓰는 과정이랄까 동시 접근 방식이랄까 이런 것에 대해 아는 만큼 이야기 해 보려고 합니다.

동시는 어떻게 쓸까? 라고 질문을 던졌지만 이 질문은 시는 어떻게 쓸까? 와 같은 질문입니다. '시'를 인터넷 창에 검색해 보면 '정서나 사상 따위를 운율을 지닌 함축적 언어로 표현한 문학의 한

갈래'라고 나옵니다. 시가 동시와 다른 점은 동시는 '어린이들이 이해할 수 있는 언어와 소박하고 단순한 사상·감정을 담아야 한다.'는 것입니다.

독자가 어른인지 어린이인지만 다를 뿐 시와 동시는 같은 것입니다.

시 쓰는 과정은 농부가 농사를 짓는 과정과 비슷합니다. 씨앗이 있어야 하고 정성들여 가꾸어야 합니다. 그래야 열매를 수확할 수 있는 것이지요. 시에도 씨앗이 있어야 한다는 것 눈치 챘나요? 그렇습니다. 시 씨앗. 그것을 찾는 것이 시인의 눈이지요. 그럼 시의 씨앗을 어떻게 찾나요?

졸시 '제주 4월 동백'을 예로 들어 보겠습니다.

제주 4월 동백

돌담 옆 동백꽃이
바람에 떨어진다

죄 없이 죽어나간
생목숨 이름들을

부르며 울부짖으며
처연히 떨어진다

4. 3을 모를 때는
생모가지 떨구어도

그 절개 가상스러워
눈부시게 아름답더니

피 끓는 울음이구나
꽃송이들 핏덩이구나

　　제목처럼 소재는 제주도에 흔히 피는
동백꽃입니다. 그 중에서 4월 동백이 시인의 눈에
들어왔습니다.

제주에서 동백꽃은 가로수로도 정원수로도 심어져 있지만 농장 같은 곳에 가 보면 무리지어 심어졌습니다. 나뭇가지에 피어있는 동백도 아름답지만 꽃봉오리 툭툭 떨구며 바닥에 떨어진 동백도 장관입니다. 시들어서 추한 모습을 보이지 않겠다는 듯 꽃봉오리를 통으로 툭툭 떨구는 동백에게서 어떤 '절개'마저 느껴집니다.

그러던 어느 날 시인은 제주 4. 3 사건에 대해 듣게 됩니다. 제주 4.3 사건은 육지에서도 들어서 알고 있었지만 제주도에 살면서 듣는 4,3의 상처는 생각보다 깊었습니다.

[1]제주 4. 3 사건은 1947년 3월 1일부터 1954년 9월 21일까지 제주도에서 발생한 남로당 무장대와 토벌대 간의 무력충돌과 토벌대의 진압과정에서 주민들이 희생당한 사건으로 2000년 1월에 [4.3특별법]이 공포되고 [제주 4.3사건 진상규명 및 희생자 명예회복 위원회]가 설치되어 정부차원에서 진상조사를 실시하였고 2003년 10월 정부의 진상보고서가 채택되고 대통령의 공식사과가

---

1) https://blog.naver.com/totoro301/222297383588

이루어졌습니다. 이후 [4.3평화공원]이 조성되었으나 아직까지 피해자가 정확히 파악되지 않았고 피자해자에 대한 보상도 제대로 이루어지지 않은 상태입니다.

피해 당사자들이 원통 절통할 것은 말할 것도 없는 일이지만 유가족의 상처 또한 매우 고통스러울 것입니다.

동백꽃은 4.3 사건을 상징하는 꽃이기도 한데 제주 4.3에 대해 알면 알수록 꽃봉오리를 툭툭 떨구며 떨어지는 동백꽃이 꼭 죄 없이 죽어나간 사람들 영혼 같다는 생각이 듭니다.

'제주 4월 동백'은 동시이면서 동시조입니다. 시조는 정해진 글자 수가 있는데

초장
3글자 4글자
3(4)글자 4글자

중장

3글자 4글자
3(4)글자 4글자

종장
3글자 5글자
4글자 3글자

　총 45가지 글자 안에 글쓴이의 마음을 담아야
합니다. 한 두 글자 적거나 많아도 되지만 종장의
3글자 5글자는 꼭 글자 수를 맞추어야 합니다.

　제주 4월 동백이 시의 씨앗이라면 4. 3 사건과
관련된 이런저런 생각들이 농부가 씨앗을 가꾸는
과정과 같습니다. 제주에 내려와서 시간적 여유가
되어 '귀농귀촌교육'에 참가한 적이 있습니다. 미처
몰랐던 4. 3에 대해 듣게 되었습니다. 현기영의 소설
'순이 삼촌' 이나 김석범의 소설 '화산도'를 읽어보면
참혹했던 참상을 어느 정도 짐작할 수 있습니다.

　시인이 퇴고에 퇴고를 거쳐 한 편의 시를
완성하는 것은 농부가 수확하는 기쁨과 같은
것이지요.

시는 아니 문학은 주제를 직설적으로 알려주지 않지요. 이를 '돌려 말하기'라고 합니다. 주제는 독자가 읽고 느끼는 것이지 저자가 직접 말하지 않습니다. 그래서 문학은 혹은 모든 작품은 독자에게서 완성된다고 하지요.

다음은 백일장 글쓰기에 대해 이야기 보려고 합니다.

글을 쓰는 사람이면 누구나 자신이 쓴 글이 좋은 글인지 의심을 품게 되고 다른 사람으로부터 확인을 받고 싶어집니다. 그래서 백일장 같은 곳에 가서 직접 도전해 보는 것입니다. 당시 저는 시를 쓰면서 동시는 써지는 대로 몇 편 쓰는 정도였기 때문에 내가 쓰는 글이 좋은 글인지 제대로 쓰고 있는지 확인하고 싶었습니다.

졸시 '쉼표'를 통해 살펴보겠습니다.

쉼표

내 마음
가장 소중한 곳에
반 박자 쉼표 하나 지니고 싶다

-왜 밀어!

흘린 머리핀 주우려다
어깨 슬쩍 밀쳤는데
짜증내는 친구에게

-아! 몰랐어!

화내고 싶을 때
반 박자 쉼표 꺼내
숨 고르고

-미안해 몰랐어

반 박자 쉬어가게

-쯔쯧, 겨우 이거니!

80점 맞으면
90점 못 맞았다고
90점 맞으면
100점 맞을 수 있다고 생각하는
엄마에게

-엄마는 뭐 잘 했어!

가시 돋친 말 하고 싶을 때
반 박자 쉼표 꺼내
숨 고르고

-더 열심히 할게요

반 박자 쉬어가게
반 박자 쉼표 하나가
끊어질 뻔한 우정을
다시 이어주고

반 박자 쉼표 하나가
뜨거운 엄마 사랑을
알맞게 식혀서
나를 씩씩하게 하겠지

(제 25 회 마로니에 전국 여성백일장 아동문학부문
우수상 수상작)

백일장은 맨 손으로 가서 글쓰기 실력을 겨뤄
보는 대회지요. 현장에 가면 볼펜과 원고지를
줍니다. 그리고 글제가 주어집니다. 글제는 글의
소재가 될 수도 있고 주제가 될 수도 있는데 주로
소재가 되지요.

글제를 받아들면 어떤 사람은 자신이 써 놓았던
글과 유사해서 쉽게 쓰고 (비슷한 글제를 가지고
쉽게 쓴다고 해서 공정하지 않은 게 아닙니다. 그
만큼 많이 썼다는 증거이기도 하니까 그것도
실력입니다.) 생판 생각해 보지 못한 글제가 나오면
거기에 맞는 글감을 찾아서 시간 안에 써 내야
합니다. 백일장 글쓰기는 보통 3시간에서 5시간을

줍니다.

당시 백일장 글제는 바가지, 소문, 쉼표, 눈썹이 주어졌습니다. 이 중에서 글감이 될 만한 것을 고릅니다. 글감이 될 만한 것은 이 글제를 가지고 떠오르는 경험이 있거나, 쓰고 싶은 말이 있으면 됩니다.

글제를 동그라미 쳐서 가운데 두고 떠오르는 말이나 경험을 가지치기해서 적어 봅니다. 이게 글의 구성을 짜는 단계입니다.

저는 쉼표를 글제로 잡았습니다. 음악시간에 본 쉼표가 떠오르기도 하고 마음의 쉼표가 떠오르기도 했습니다. 동시임을 감안해서 어린이들에게 하고 싶은 말이 뭘까 고민했습니다.

어렵지 않게 한 숨 고르고 천천히 생각해서 행동한다면 깨질 우정도 붙여지고 삶이 더욱 풍성해지리라는 걸 주제로 잡을 수 있었습니다. 그러나 문학은 바로 직설적으로 주제를 드러나게 쓰면 안 되기 때문에 어떻게 표현해야 될까 고민을

했습니다. 주어진 시간 중에서 구성을 짜는 시간으로 반을 쓰고, 반은 글 쓰는 시간이 되겠습니다. 그만큼 구성 짜는 작업은 중요합니다.

사소한 것인데도 화를 잘 내는 친구에게 같이 화를 내려다가 그 친구 입장을 생각해 보고 그럴 수 있겠다 받아들이고 '그래 미처 몰랐어.'라고 한다면 얼마나 좋을까. 그런 생각들을 이어서 나갔습니다. 그리고 이야기를 확장시켜 엄마한테도 그 마음을 적용했습니다. 엄마에게 화내고 싶을 때도 엄마 입장이 돼 보고 엄마 마음을 받아들이고 '알았어요. 더 잘 할게요.'한다면 어떨까, 하는 생각이 들었습니다.

이렇게 보면 매일 자신에게 글제를 주고 매일 백일장을 임하듯 시를 쓰면 되겠구나 싶지만 그게 그렇게 쉽지 않습니다. 씨앗이 되는 글제가 자신에게 딱 맞아떨어지기가 쉽지 않기 때문입니다. 그래서 실력도 실력이지만 운도 따라 주어야 하는 것이 백일장 글쓰기입니다. 〈끝〉